고인돌 같은 핑계일지라도

김 순 란

고인돌 같은 핑계일지라도

김순란

새터

시인의 말

우리 동네 이야기를 모르고 있었다. 우리 마을에 아픈 이야기는 '알앙 뭐 홀 티, 굴앙 몰른다' 라며 어릴 적부터 알아서 뭐 하냐고, 모르는 게 약이라고 들어왔다.

지난 이야기는 몰라야 하고 무엇을 숨기려 했는지 이제는 알아야겠다. 잊혀가는 것들을 찾아봐야겠다. 소소한 이야기부터 되새김질하면서 하나하나 풀어가야겠다.

2018년 첫 시집 『순데기』를 펴고 나서 두 번째 시집을 엮는다. 세상이 달라 보인다.

2020년 9월
김순란

차례

제1부

섬에 부는 바람

엉또폭포

엉또가 터졌구나
시원하게 터졌구나
참았던 말 다 하고
울고 싶은 마음 실컷 우는구나

팡팡 울어 불라
앙작하며 울어 불라
발 도당키며 울어 불라
이제 울면 언제 또 울 것고
울어질 때 울어 불라

엉또가 울음 운다
팡팡 내 터지며 울음 운다
가슴속에 가두었던 설운 말들
속 시원히 토해낸다

엉또폭포 가자
엉또 말 들으러 가자
엉또 눈물 받아주러 가자

엉또가 터진다
터진 눈물
천길만길 흘러간다
가두었던 설운 말들
천장만장 울음으로 살아난다

옹알이

선과 선이 맞대
구부리고 눌러지며
베일 듯 베일 듯 베이지 않아
접고 접어
쪼끄만 학이 되었다

베이지 않아서
접고 접어서
접은 날개
펴기도 전에
유리 상자에 갇혔다

상자 위에 쌓인
수북한 먼지 커튼 삼아
둥지를 트곤
눈물 한 방울 떨구는 것도 잊은 채
변할 줄 모르는 무채색으로
유리 상자 속을 성처럼 지키고 있다

요양병원 유리창엔 성애가 하얗다

단발머리로 남아

아침을 깨우는 새들은 오종종히 기상나팔을 불어댄다. 지난 밤 깊숙한 시간까지 작업에 몰두한 글 공방 주인은 그만 늦은 눈을 붙인 게 새소리를 놓치고 말았다

새소리로 자라던 봄동 배추꽃들은 뚝뚝 잘리어 이름 모를 하늘을 날아 어디로 가는지도 모르면서 컴컴한 비행기 안에서 말똥거리는 잠을 청해 보지만 불안한 눈동자는 서로에게 위안을 보내다 눈을 감아 버렸다.

낯선 웅얼거림을 눈짐작으로 가늠하며 눈치껏 입국장 심사대에 올라 머리 털끝부터 시작해 온몸을 차가운 빛으로 시시콜콜 스캔 검사를 당하고 뿔뿔이 흩어진다

이웃 나라 먼 나라 공원 나무 의자 석상으로 앉아, 단발머리 위를 날아다니는 노랑나비 날갯짓 소리에 감감한 지난 시간을 소환하며 뚝 떨어지는 눈물 한 방울

늦은 아침을 시작한 글 공방 주인은 뚝뚝 잘려버린 봄동 배추밭의 허전함을 컴퓨터 자판 두드리기로 대신하고 있다

섬에 부는 바람

꼼지락거리는 태동으로
어머니, 어머니들은 우려의 눈빛을 보낸다

바람은 먼 바다로부터 불어와
사정없이 패대기쳐 사라지고
남아 있는 것들은
안에서 스스로 자생하여 뿌리 벋을 줄 알아
깨어지고 부서지고 버려진 조각들
저들끼리 결합하여 빙빙
새로운 윤곽을 드리운다

꺼질 듯 꺼질 듯하면서도
예고되지 않은 눈 코 입들은 살아날 때
한번 불고 갔던 바람 돌아올 줄 모른다

새로운 바람이 다시 몰아쳐 올 때마다
남아 있는 것들끼리 스스로 몸을 사려
먼저 마중하고 먼저 배웅할 줄 알고
기약조차 남기지 않고 떠난 그것은
반기지 않은 태동으로 꿈틀거린다

원하지 않은 시작은
아픈 것들을 삭혀내며 섬을 지킨다

할아버지 제삿날

순경 모자만 보아도
파르르 떨면서 헛기침하시던 할머니

산에서 내려오는 배낭 짊어진 사람만 보아도
후다닥 숨기 바쁜 우리 고모

입사시험 자신 있게 봤다는데
최종 면접에서 늘 떨어지기만 했다는 우리 삼촌

제삿날 모여든 친척들은
눈으로만 하는 이야기들이 있었다

이제
모두 돌아가시고

눈치로
짐작으로
지켜본 손꼽은 날들

우리 아버지

할머니 배 속에 있을 때
옆집 배 빌려 타고 떠나셨다는 할아버지

할머니 누우신 옆 헛무덤 가에
찔레꽃 향기
하얗다

파랗지 못해 사라진 것들

동굴 속에 살림살이
그 흔적 백 년도 안 된
손톱자국 벽화로 남아
그 벽화 백 년도 안 된
누가 그 동굴에 붉은색을 칠했나

골짜기 무너지는 소리
겨울밤을 깨우더니
아침노을 속으로
글썽이는 눈망울에 흩어져버린 손사래
누가 그 긴긴 침묵에 붉은 멍에를 씌웠는가

사철 밀려와 부서지는 파도의 몸짓
철석이다가 묻혀 버리는 옹알이
살 오른 통통한 갈치잡이 배
만선을 알리는 오색 깃발에
누가 빨간색이라며 사이렌 소리 울려대나

다랑쉬굴 진혼제

또 왔구나
맛난 떡과 술, 안주를 먹을 수 있는 날이구나
동네 사람들은 모른 척
마음만 보내는 날이구나
먼 동네 사람들이 찾아와 주는 날이구나

과일 열한 개
국화꽃도 열한 개
떡도 과자도
술도 열한 잔
젓가락도 열하나

열하나의 상차림

열한 필의 광목이
열한 번 돌고 돌아
열한 번의 울부짖음이
열한 번 울리며 흩어지는

열한 영혼을 위한

당신들을 위한 식단을 마련했으니
따뜻한 봄 햇살 받아가라고
굴속 어둠에서 나와도 된다고

총성은 멎고
총 든 사람들은 갔다고
총소리는 이제 들리지 않을 거라고
밝은 곳으로 나와도 된다고

아니야
못 믿겠어
다랑쉬오름이 보이는 마당
보초 서던 돌들은 아직 그대로인 걸
휘파람새 소리 날 때만
동박새 소리 날 때만 나가기로 약속했어
동박새 소리 들려야 해
휘파람새 소리 들려야 해

열하나 향 피어오르고
열한 필 광목 산화되어

하얀 찔레꽃 피어나더니
휘파람새 소리 한다
동박새 노래한다
보초 서던 돌들이 춤을 춘다
휘이 휘이

다랑쉬굴 진혼제 지내는 날
찔레꽃 냄새 동굴 안으로 스며든다

전에 없던 소문

커피 냄새가 대문을 열었을 때
달려가던 매미 번데기들이 날기 시작했어
땅속을 기어 다니던 까마귀는
바닷속을 헤엄쳐가더니
명월포 앞바다에서 보물선을 발견했대
쓰러져가던 오래된 나무
비틀거리며 안주를 먹어댔어
밀감 상자들 포장되어 나무 위에 매달렸어
이름난 무역상들은 돈다발을 뿌리며 몰려들었지
유치원 입학식장으로 가던 늙은 까치들
북망산에 모여 조가를 외웠어
죽어가는 자 말이 많아 관 뚜껑 못질했더니
원고지 줄 칸 사이로 기어들었어
병문천과 한천이 만나는 자리 제단을 쌓았대
제단을 장식하던 총소리가 뻥튀기하더니
사방으로 흩어져 커피콩이 되어버렸어
간밤에 놓은 방앳불이 커피를 볶았대
조리돌림과 방망이로 분쇄되어
우려낸 커피 냄새

해방둥이 할아버지

해방되는 해 일본에서 고향 제주 찾아
어멍 아방 등에 업혀 돌아오난
큰집 가지 오랏젠 일가방상 지꺼졋주

바다에서 고기 잡고
밭에서는 보리 조 농사지어 살기 좋다는 뒷게
일가친척 큰일 족은 일 돌아 보멍 살아신디

ᄉ 태에 어멍 아방 잃어 불언
ᄉ 태에 일가방상 잃어 불언

낮에는 해가 둘이곡
밤에는 달이 둘이란
낮에는 가슴 타서 못 살키어
밤에는 몸이 시려서 못 살키어
어떵 살코 심들언 어떵 살코
앞에 뜬 일월은 살려놓고
뒤에 뜬 일월은 줍아당겨
바당 깊은 곳 용왕님께 바쳐도랜
심방 춫안 뎅겨낫주

우려낸 찻물은 누가 마실까

똑똑 꺾었다는 동백꽃
그 모가지를
찻물로 우려 마신다는

댕강댕강 잘린 모가지를
찻물로 우려내어
빨강과 파랑을 선별한다는
슬픈 이야기가 있습니다

예나
지금이나
차라리
떨어지는 벚꽃을 우려낸다면
하염없이 흩날리는
미세먼지를 우려낸다면
아롱아롱 피어나는
나른한 아지랑이를 우려낸다면

빨강을 우리면 보라가 되듯
파랑을 볶으니 보라가 되듯

하얀 머릿수건만 까맣게 타들어 갑니다

우리가 바라는 건

먼동이 가까워지면
길들이 기지개를 켠다

새들은 교통신호 없이도 날아다니고
물에 것들은 횡단보도 그뭇 없이도
별 탈 없이 흘러 다니는데
땅에 것들 턱을 세워 네 길 내 길 구분해 놓곤
가다 서고 가다 서며
거친 소릴 질러댄다

침묵하는 것들은 바보가 되고
소리 지르는 것들은 의기양양하다
태극기로 와이셔츠를 만들어 입고
늙수레한 시대의 권력을 떠들어대며
냄새나는 후줄근한 양복 깃에
녹슨 배지들을 서너 개 매달고
삭아 내린 목소리로
동해물과 백두산이를 불러댄다

새들도 제 목소리를 내며 날고

헤엄치는 것들도 뻐끔대며 뭐라 하는 것 같은데
어둠이 내리면
길은
소리 없이 촛불 하나씩 밝힌다

안경 무덤

개미집 욕실에
사람들이 욕실 벽을 타고 숨어들었다
물과 물방울 사이로 미끄러지며
사람들은 쉼 없이 움직여 먹이를 나르고 있다

분홍 개미가 물뿌리개로 사람들을 씻어 내렸다
속절없이 하수구 구멍으로 쓸려가는 사람들
그중 몇은 팔 힘이 좋아 쓸려나감을 피할 수 있었다

안경 낀 사람들이 살려달라 애걸했다
개미는 그 사람들을 창밖으로 던져 버렸다

주인들이 버리고 간 안경 무덤은
보였던 진실과 숨겨진 진실들이 보태져서
여행 온 사람들에게 볼거리와 흥밋거리로 앵벌이를 하고 있다

분홍 개미는 안경으로 떼돈을 벌었다

대학 한복판에 단풍이 달아

논술시험 보는 수험생들에 협조 바란다는 현수막
대학 출입구 쪽으로 전면 차량 통제한다는 안내판
정문 후문 앞에 바리케이드로 버티고 있다

벌겋게 달아오른 이파리들이
수험생들의 심장만큼이나
두근대다 툭툭 떨어지기도 하고
펄럭펄럭 날아오르기도 하고

밤새 떨어진 이파리는
다 어디로 갔는지 알아도 말할 수 없다고
꼭 다문 입술이 떨고 있다

월대를 찾아줘

여름 가는 길은 배가 고팠다
뜨겁게 달궈진 황토밭엔
한 계절 내내 비 한 방울 내리지 않아
살찌우지 못한 고구마가 비실대었다

파도가 무엇인지도 모르는 산골 과일은
아침저녁 바람의 온도를 측정하곤
씨방을 채운다는 건 가르쳐주지 않아도 알았다

지난봄 송홧가루 날리던 날
제 새끼를 낳고 탯줄을 놓쳐버린 어미개
싸늘하게 식어버린 핏덩일 핥으며 애써보다가
제 나온 속으로 다시 들여놓고
사나흘 먹는 것도 금했다

주둥이에 무당 사마귀 잡아 문 멧비둘기
먹이를 담벼락에 부딪쳐 삼키곤 날아갔다

가을 초입에 불어온 태풍에
제 잎사귀들 모두 털리곤

늦은 감이 있어도 제 몸 벗을 때가 아니라며
새싹을 틔어 올리고 있는 두충나무의 고집

계절 오고 감은 어김없이 진행되고
경복궁 교대 시간 침묵은 이방인들의 박수로 깨어난다는데
광화문 앞에 세워졌던 조선총독부 건물은 육십여 년을 버티
다 해체되었지만
탐라 월대 있던 자리에 들어선 관덕정은
육백 년 가까이 이 땅을 호령하고 있다

해원굿

계곡 밑바닥으로부터 철철 흘러내려야 할 물줄기는 숨어버린 지 오래고, 창백한 핏기의 혈관 찾기를 포기한 채 힘없이 사라지는 간호사처럼 말라버린 수맥의 위치조차도 헤아리기 어려운 저 메마른 계곡에 붉은 단풍이나마 그의 백골을 덮어줄 수 있다는 것은 다행한 일이다

혈기 왕성한 젊은 여름 태풍은 단숨에 산 정상에 닿아 메아리를 쳐보다가
밑바닥 깊은 계곡의 신음이라도 들었는지 비바람 불러모아 한바탕 살풀이라도 하려는 듯 계곡 아래로 몰려든다

뒤돌아보면 알게 돼

오래됐다고 잊히지 않아
이 동네 저 골짝 땅이름에서 살아나는 것들 꿈틀대고 있어

지워버린다고 없어지지 않아
불쑥불쑥 튀어나오는 대화에 녹아든 말에 뿌리들이 보이는 걸

땅속에 묻어버린다고 사라졌겠어
누군가 간직한 고지도에 살아남아 튀어나오는 익숙한 이름들
이 있는데

칠성대 칠성단
당 오백 절 오백
존재 이유를

구슬치기 하듯

길모퉁이 돌아가는 당신을 보았습니다.

동박새 소리가 아침을 불러오는 그런 날이었습니다. 밤새 제 빛을 다하지 못한 가로등이 가물가물 꺼져도 아무도 모르는 날 이었습니다. 질긴 가죽처럼 오랫동안 침묵할 것 같은 밤에 끝도 없을 이야기를 걷어내던 속삭임이었습니다. 낡은 이야기는 힘 없는 가로등에 등짐 지워 보내듯 짧지도 못한 진한 사연들을 털 어버리는 그런 만남이었습니다.

당신이 떠난 길모퉁이는 조만간 무너질지도 모르겠습니다. 돌담이 무너지면 모래바람이 발버둥 치겠지만, 당신이 걸어간 그 길모퉁이에는 밥집이 생기고, 꽃집이 생기고 신혼집도 들어 서서 당신이 남기고 간 뒷모습은 어디에도 남지 않을 것입니다. 그러면 당신은 말하겠지요. 다시 돌아오겠노라고, 영혼이 살아 있다는 것을 증명해 보이겠다고요.

아무도 기억하지 않습니다
누구도 끄적거리지 않을 것입니다
얼음판에서 돌덩이 굴리는 놀이를 구슬치기로 하듯 지난 시 절로 돌아가기엔 너무 멀리 왔습니다.

어쩌다 당신의 입맞춤을 기억해 내어
그 길모퉁이를 돌아볼 수 있었으면 좋겠습니다.

고춧가루처럼

나무에 매달려
맨몸으로
한여름 땡볕을 그러안아
빨갛게 버틸 줄 알았고

꼭지까지 떨어내고
속엣 것 다 게워내도
털어낼 게 더 있는 양
말라 바스러지며
벌겋게 견뎌내기도 했지

빠개지는 육신
자백할 게 더 없어도
붉은 가루로라도 살아남아야 했어

물에 담가 우려내고
검붉은 매운맛까지
토해내는
고춧가루처럼

하얀 꽃잎 끝에

푸른 꿈 기대하던

퍼렇던 시작은 이게 아니었지만

제2부

서둘지 마라

게메 가지카이

아흔을 넘긴 나이에
비행기 타고 날고 내리고
대구, 경주, 포항 일대를 돌아
친정 오라비 장손 장가보내는 길에
고모할머니의 자리를 채워
친척분들의 감사한 눈길을 한 몸에 소화하며 하시는 말
'다시 비행기 타지카이'
'아이고 어머니
이제 백두산도 갈 건디 마씀'
'게메 가지카이'

여행의 노곤함을 꾹꾹 누르는 무게
울컥 쏟아지려는 복받침을 삼키는 속쓰림
안에서 서로 부딪쳐
눈빛으로 주고받으며

아~ 어머니

산들바람 삼춘

삼춘은 세상에서 제일 부러운 여자네.

왜?

삼춘은 천연염색 전문가이면서 바느질 전문인이고 남자 삼춘이 이일 저일 잘 도와주시고, 삼춘 전용 작업장도 따로 있고, 아이들도 건강하게 잘 크고, 손자도 보았고.

그래도 이 나이에 일만 일만 하잖어.

일이 있으니 더 재미있잖아요.

바느질은 왜 했어요.

말도 마라, 그 시절 바느질하면서 학교 다니는 공장 있다 하여 시다로 취직했지. 옷감이나 실 따위를 사러 다니는 게 일이었어. 3년 그 일을 하다가 재단사가 독립하며 나를 데리고 나와 재봉 일을 가르쳤는데 재봉사 언니들 다 퇴근하고 나면 쪼르르 달려가 재봉틀을 하곤 했지.

그게 지금의 나여, 그 시절에는 먹고살기 위해 공장에 취직하고 돈 벌어 집에 부치기 바빴지. 동생들 학자금으로 많이 보냈어.

그런데 요즘 것들은 취직해서 돈 벌면 해외여행 다니기 바쁘잖애!

아이고 삼춘! 요즘은 해외여행 가기도 힘들어요.

그렇지! 자네도 조심해. 살다 보면 다 살아지는 거야!

말하지 않아도 알아

아무렇게나 나뒹굴다가
청소기 앞에서 힘겨루기로
미련하게 밀려나거나
빨려 들어가겠지만
묵직한 뱃살
삐뚤어져 가는 척추의 마디마디를 곧추세워
아슬아슬하게 아무렇지도 않은 듯
씩씩하게 걷다가
힘들면 엉덩이에 슬쩍 눈짓하며 앉아 있기를 종용하지만
주저앉을 수만은 없는 거잖아

늦은 시간
푹신한 소파에 몸을 부리며
하루의 노폐물들을 다 그러 앉고
벗겨져 나올 때
툭 널브러지는 자유로움
아 오늘도 이렇게 가는구나
세탁기 안에서 뱅뱅 돌다
쪼그라지고 비틀대며
무호흡으로 살아서는

건조대에 누워 비틀비틀
제 구김 펼 줄 알아
별일 없었던 것처럼
당당하게 제자릴 찾아 들어가는
양말 같은
너

배냇저고리

첫아이가 입었던 배냇저고리
둘째 아이 입히려고
옷장 맑은 자리 전세 내어 맡겨 놓은 지 30년
외손주에게나 입혀야겠다

첫아이 출산 기념으로 시작한
우표수집 삼십 년
손주가 받아 주었으면 좋으련만

포상으로 받은 압력밥솥
딸아이 혼수품으로 대기한 지 수십 년
전기압력밥솥에 밀렸다

두툼한 대화

밤새 쏟아지는 빗소리에 잠 설친 부모님

이제 비가 다 왔을까
비가 흡족하게 내리니 좋잖아요
가을비는 아무짝에도 쓸모가 없어
산천초목이 가물었는데 해갈돼서 다행이죠
건조기엔 비가 해로울 수 있다네

두툼한 비구름으로 아침 인사를 대신하곤

추석 장 보러 가는 길이 비구름 층 마냥 거무툭툭하다

유행가 가사와 놀기

축구공 대신했던
돼지 오줌주머니

유리구슬 대신했던
숙대낭 씨앗 주머니

귀밑머리 파뿌리 되어서도 떠오르는
검은 머리 고무줄 묶어 놀던 모습

주머니에 손 넣으면
가죽으로 만든 세련된 축구공 구할 수 있고
동전 지갑 뒤집으면
넘치도록 유리구슬 구할 수 있는데

그때 같이 놀던 동무들
어디서 무얼 하는지 찾을 수가 없어
최신 유행가 가사 검색하다
친구가 머뭇거림 직한 가사에서
주춤한 채 눈감으면
돼지 오줌주머니

숙대낭 씨앗 주머니 소환되어
까르르 웃는 동무들 모여든다

고단했던 살이 묻히면

영평동 가족 공동묘지
무성한 잡초도 그렇지만 개민들레 천지다

시어머니 무덤 위에 엉덩이 붙이고
질기게 뿌리 내린 개민들레를 쪼았다

무덤 위를 쪼는 호미
힘이 들어간다

빗방울로 다가오는
시집살이 서러움
눈물인지 빗물인지
흥건하게 젖어 들고

정신없이 쪼다 보니
아들과 며느리는 옆에 서 있고
일곱 살 손주 다가와 손을 내민다

낯익은 얼굴

소독 냄새 풍기는 수술 준비실
하나 둘 셋 … 열다섯 열여섯
괜찮아 괜찮을 거야 힘내!
문밖에서 서성거리는 안부는 눈빛으로 배웅하고
만일을 위해 사타구니 혈관을 확보해야 한다며
거기에 있는 희검은 털들마저 면도 되는 사이
까무룩 까까무룩
죽었다가 살기를
살기 위해서는 죽어야 한다는
마취 실에서 본 수술방으로
수술방 불빛 조도가 어느 만큼인지 아는 바 없다

마취에서 벗어난 까닥거리는 움직임
회복 대기실에
한두 식경 지났는가
꼬르륵꼬르륵
아득하게 들리는 귀 익은 소리
포비돈 냄새 휘휘 날려 보내며
핏기 없는 손을 주무르는
낯익은 얼굴

웃어봐

차라리 잔뜩 성난 얼굴이었으면
그렇구나, 알아서 비위라도 맞추련만

울 것처럼
비웃는 것 같은
지켜보기도 어색한 저 얼굴

제 어미를 잃었을 땐 장례를 하면 됐지만
어정쩡한 진단 받고
정밀 검사 예약 날을 거부하지도 못하는

불면증마저도 잠재우지 못하면서
육십갑자 돌아오는 나이를 헛살았다고
눈가에 스며든 눈물을 애써 감추려는

먼데 바라보는 처진 눈매
꼭 다문 입술에 떨고 있는 주름
냉수로 세수하면 환하게 웃을 것 같은데

늪

방사선 촬영실 대기 의자에서 쏘아대는 감마들의 직선을 짐
작하다가 숨 참기를 길게 연습하고 앉은 듯 선 듯 엉거주춤

증상도 없는 진단받고 방사선 치료로 완치되기를 기대하는
것보다 살아온 생애를 되짚어보는 초조함

땅, 집, 돈, 끈끈하다던 정도 다 소용이 없다는 생각인데, 자기
공명 울림소리는 문밖으로 새어 나와 대기실 전체를 스캔하고,
종합병원 지하실 잡음은 천당과 지옥 어느 쪽으로 갈 것이냐 다
그치며 영생으로 가는 승차권 예매를 종용하는 것 같다

울림

겨우살이처럼
툭툭 마디가 있던
모작진 곳 굵은 데를 찾아
똑똑 떼어내기를

생명줄들이 얼키설키
심장에서 보내는 생기를 나르느라
먼 데서 보내는 박동 소리 미약하지만
그래도 힘이 되는 소리 툭탁툭탁

수도관이 터져 퍽퍽 뿜어내는 물줄기
제 갈 곳 놓쳐
굴착기가 파헤친
공사장을 흥건하게 적시는 물처럼

가야 할 길과
돌아와야 할 길을 찾는
수술방 라이트 아래 섬세한 손놀림

가슴으로 울컥
심장에서 쿵쾅
맥박 살아 툭탁

심술궂게 요동치는 저 우듬지에
위태롭게 자리 잡으면서도
루비 알 같은 열매 피워내는 겨우살이처럼

아껴주던 우리 사이가

손익계산서 들고
창밖을 가리는 커튼을 장부 삼아
창문을 기웃거리는 모기 숫자를 헤아리며
지어 주면서 살아온 걸 깨달을 때마다
옥상에 올라가 죽은 고함으로 기지개 켠다는 게
덜 마른 빨랫감을 사정없이 잡아당겨 늘리는 것으로 대신했어

나뭇잎들은 슬슬 떨어져야 할 때를 알아
제 몸에 열을 내며 벌겋게 달아오르듯
여행을 준비하는 노부부의 뒷모습 같은 시월에
계산되지 않은 외상장부 들추는 것 같은 승강이는 아직도 양
보하고 살아야 할 게 더 남아 있을 거라고는 절대 말하지 마

나도 이제 양보 받으며 살고 싶다고

두충나무 집

두충나무가 있는 집에
대문은 항시 열어져 있고
잔디 마당을 지키는 개 한 마리

약봉지 챙기는 것으로 아침을 시작하는 부부
개는 마루 소파에 먼저 올랐고
그 옆에 부부가 나란히 앉곤 했어

약봉지가 비면

부부가 약 받으러 나가 집을 비우고
집안에 텅 빈 침대는 개가 차지했지
주인 냄새가 밴 이불 위에서 개는 무서움을 달랬던 거야

열려 있는 대문 쪽으로 컹컹 짖으며
부부가 돌아오길 기다리는 몇 날

잔디마당에 물어다 놓은 이불 위로
두충나무 가지가 내려와 개를 다독거리고 있어

목이 마르다

마른 낙엽 굴러다니는 금 간 아스팔트가 휘청거릴 때 그에 삶을 짊어진 트랙터가 거친 숨을 몰아쉬었다

포클레인 우는 소리로 원형교차로가 움찔거리는데 빈 상여는 꼬부라진 길을 피해 고속도로를 가로질렀다

새들이 날아들어 토막 난 시신 쪼가리를 물고 흔들어 이승을 살았던 질기디 질긴 살점은 푹푹 쪼아대는 대로 흩어지고 뼈다귀만 널브러져 뒹굴었다
눈발 날리는 산정은 점점 희미해져 자취를 감추었다

선창가 선술집 플라스틱 의자에 걸터앉았다
돼지 껍데기 안주 삼던 술병들이 쓰러졌다

질긴 숨을 몰아쉬던 중환자실 침대에 늘어뜨린 커튼 사이로 똥구멍에서 못 나오는 캉캉 마른 똥을 파내는 냄새가 진동하고 비타민 두어 앰풀 섞은 링거액 떨어지는 소리보다 심장박동 그래프 이어가는 불빛이 요란스럽다

목이 마르다

급하지 않았으면 좋겠다

내동댕이쳐진 제 육신 거두지 못해 철퍼덕 엎질러진 게 응급
실 천정을 마주 보고 있었다

희미해져 가는 시야를 더듬더듬 걷는다는 게 타글락 발목을
접지를 줄이야

떨어지는 링거액 소리 하나 둘 셋 세어 들으며 잠을 청하는
밤이었다

자식은 키웠어도 제 살 길 바쁘다고 멀어져 가고
손주는 생겼어도 제 공부 챙기기 버거워 잊혀갔다

수없이 떨어지는 링거액
살면서 입으로 가져간 밥술만큼이나 될까
응급실 불빛은 꺼지지 않아 밤도 낮도 구분이 없다

얼마큼인가

새들의 안전거리는
사람이 다가가면 피하는 거리
바람의 안전거리는
닿는 것은 모두 어루만질 수 있는 거리
나와 너의 거리는
서로 소통할 수 있는 거리
글과 눈의 거리는
편안하게 보이는 거리
물과 불의 거리는
서로 만나서 연기 나지 않는 거리
아기와 엄마의 거리는
눈동자 속에 파묻혀도 될 거리

노모와 중년 외아들의 거리는
며느리와 시어머니의 거리는
사돈지간의 거리는
빚쟁이와 고리대금업자의 거리는

출근길 꽉 찬 땅속 열차 안
낯설면서도 자주 마주치는

익숙한 그녀의
샴푸 냄새 풍기는 긴 머리와
나의 코 사이 안전거리는
점점 가까워지는 거리

누구 없나요

어디로 가지
비는 오고
사람 많은데
같이 갈 사람 없고
배는 고프고
스마트폰은 손에서 톡톡 거리고
어디로 가지

어!
저기
사람들이 모여 있어
가 보았더니
쳇
저게 무슨 재미있다고

어디로 가지
집들은 많은데
현관들이 눈짓하는데
내가 들어갈 곳은 어디지

찻집에 불빛은 끌리는데
내가 앉을자리는 어디지
차 한잔 같이할 사람은 어디 없나
어둠은 시작되고
몸은 피곤한데
배는 고프고

지하철 의자에는 사람들이 앉았는데
무표정하게
곁에 있어도 없는 것처럼
아는 사람 하나 없네

누구 없나요

낚이는 것들

이메일 확인하라는 문자를 받고 접속하다가
배너 광고에 꽂혔다
광고는 생소한 곳으로 번지고 있었다

창을 닫고 나와 한참 지나서 생각났다
서편에 답변을 기다리고 있다는 것을
다시 이메일로 접속해야 했다

먼 나라 여행할 때 그 나라 역사 문화에 꽂혔다
돌아와 며칠 지나 생각나는 건
쇼핑센터에서 낚인 것들이다

여름날
친구가 사준다는 시원한 팥빙수에 꽂혔다
낚일 준비를 하고 집을 나선다

살아나는 엿 맛

아이구 엿을 멘들아시냐
이걸 멘들젠 ᄒ난 얼마나 심들어시쿠이
막 맛 좋다게
따시랑 멘들지 말라

어무니 맛 좋게 먹는디 아니 멘들아 지쿠광
맛 좋게 하영 먹읍서양
다 먹으민 따시 멘들아 안네쿠다
인삼이영 오리궤기영 하영 놔시난 이거 먹엉 아프지도 말고
정광ᄒ여사 흅니다양

야이는
아흔둘꼬지 살아시민 하영 살앗주
이거 먹엉 얼마나나 더 살렌 ᄒ염시니
사는디꼬 장 살민 뒈주기
엿 줏구젠ᄒ난 애썻저
정월 대초싱에 엿 멘들지 말라이
줏구는 음식은 정월에 ᄒ민 복도 줓아진덴ᄒ연 섣둘 그뭄에
엿을 멘들아나시네
잘 먹으마 고맙다

제3부

부탁이 있어

너풀거리는 손사래

주차 공간 없는 골목길 두어 바퀴
빠져나가려는 차 기다리다가
후진으로 주차한다는 게
곱창집 연탄 화로를 받아버린 날

오랜만에 술 한 잔 하자며
곱창집 주인에게 안주 실하게 주문 해 놓고
소주와 맥주를 섞어
서로의 잔을 부딪치며 안부를 물었다

연초에 다짐했던 계획들
지난 일 년 나누었던 말
어디서 잠자고 있는지
말들의 행간을 추정하여
새로운 다짐으로 약속이 익어갈 때

창밖에 함박눈 내리고
불러놓은 대리운전 도착했다는 말에
다음에 또 보자는 손사래 행간으로
주고받은 말들이 너풀거린다

본전

들고 있기 무거운 물건을
견디다 견디다 너무 힘들어 손에서 놓았더니
와장창 부서지고 쏟아지고 흩어지는 소리보다
버겁고 힘든 것에서 벗어났다는 안도감에
쉽게 호흡을 가다듬었다는 친구

가슴 한구석에 꽉 차 있는 응어리를 뱉어 버릴 수 있다면 얼
마나 홀가분하겠느냐는 생각만 맴돌 뿐이었는데
다 버리고 비우고 이혼 도장 찍고 났더니
본전이란 계산에 픽 웃었다는 친구

형제간이 남아 있는 고향으로 적을 옮겨 일 년 남짓 살다 다
시 고향을 떠나가는 뒷모습이 아프게 보이는 친구의 본전은 어
디쯤인지

나도 아프다

이게 아닌데

밀감 값이 오르기를 기다리는데
밀감 위에 서설이 먼저 올랐다

눈 맞은 밀감은 맛이 좋다는데
맛이 들기 전에 썩어 들었다

동백 꿀을 뽑아내던 동박새가
눈 맞은 밀감 위에 올라앉았다

툭 툭
동백꽃 떨어지고
퍽 퍽
눈 맞은 밀감 떨어지는데

소리 없이
일 년 농사 바라보던
과수원 남자 머리 위로 흰 눈이 소복하다

가뭄 꽃

더위는 묵직하게 내려앉고
비닐하우스 같은 답답함에
아슬한 목마름을 견딘다

비
깍쟁이처럼 굴 것도 없는데
호수 끝에 매달린 한 개 물방울로 남아라

나 말라죽거든
더욱 바짝 말려
바삭거리는 간식거리나 되거라

너의 찻잔에 한 점 먼지로 남겠으니

부탁이 있어

간밤에 잘 잤니
뜨끈한 아랫목은 아니지만
함박눈이 폭폭 내린 걸 보니
꽤 포근한 밤이었던 것 같아

주소 좀 빌려 줄래
써 놓은 편지들이 있는데 주소를 잃어버렸어
그럴 리 없겠지만 편지를 보내고 나면
답장이 올 것만 같아서 말이야

손편지를 받아 본 지가 꽤 오래 되었어
그때는 시시콜콜한 이야기까지 썼었는데
초저녁부터 쓰기 시작하면
방안 가득 편지지로 구들바닥이 따뜻했었어

편지 부칠 곳을 모르니
빨간 우체통도 사라져 버렸어
우체부 아저씨 가방도 보이지 않아

부탁해

주소를 빌려주면 까치가 울 것만 같아서 그래
까치 소리에 내 몸이 따뜻해질 것 같거든
함박눈이 내리는 날엔
우리 같이 따뜻한 손편지를 써
나에게
너에게

가을비 내린다 했다

그는 아내가 퇴원하면 살집을 짓는다고 했다
양지바른 언덕 위에 땅을 장만했다고 했다
아내가 30년 부은 곗돈으로 장만한 재산이라 했다
아래층은 아내와 살고 위층은 아들 내외 살 거라고 했다
그 언덕 한쪽에 과수원이 있다 했다
틈틈이 과수원을 도와주면 생활비는 벌 거라고 했다
아내는 마당에 잔디도 깎고 국화도 피우고 감나무 배나무 사
과나무도 심을 것이라 했다

며느리가 만삭 되어 가는데
아내는 시들어가서 불안하다고 했다
어쩌면 손주와 아내를 바꾸는 건 아닐까 걱정이 된다고 했다

그는 잘 살고 있다고 했다
곗돈 넣던 아내는 떠나고 없지만
아내가 남긴 땅에는 사과 배 감나무가 풍성하다 했다
가을이면 아내 집 울타리엔
노란 국화 분홍 국화 흰 국화가 만발했다고 했다

그의 마음 아랑곳하지 않고 아내는 새가 되어 날아가 버렸다
고 했다
그도 새가 되어 날아갈 거라고 했다

어디선가 낙엽 지는 것을 지켜본 아내가
눈물방울 뚝 뚝 떨구는 날은 비가 온다고 했다

천둥산 박달재

친구 병문안 갔었어

갑작스러운 진단에 놀란 가족들도
한 달이 지나니 어느 정도 안정을 찾았는지 가까스로 연락이
닿았어
서로 살아있음을 이야기하려고 찾아갔지

고갯길을 넘어가곤 했어
천등산 박달 고갯길에는 금봉이와 박달이의 사연이 새겨져
있어
그곳에 가면 음기를 다스린다는 조각들이 있어
음기는 박달이를 기다리는 금봉이의 한이라는데
박달이는 금봉이 환영을 찾아 둘 다 전설 속에 남게 되었어

친구는 금봉이가 될 거래
박달이를 찾아 떠날 준비를 한다고 했어
암 병동에서 털어버릴 것을 탈탈 털어내고
박달이를 만나러 가는 연습을 하는 거래

흰옷 입은 남자가 들어왔어

맨몸 이곳저곳을 쓰담 쓰담 하더니
몸속에 있는 것들을 씻어 내리래
글리세린 관장을 한 친구는 밤새 박달이만 찾았어

우리는 먼 훗날 좋은 곳에서 만나자며 작별을 했어

시계를 삼켜버린 날

벽에서 툭 튀어나온 시계
아홉 시 정각을 가리키며 째려본다
통금시간 쳐놓은
아빠의 회초리가 나를 노리듯
초침이 척척 소리를 내며
종아리에 감긴다

막차 시간은 다가오고
선생님 훈계는 끝날 기미가 없고
분침이 합세하여 나를 때린다
등허리를 타닥타닥
아빠의 회초리와
엄마의 안쓰러운 눈으로

쿵
벽시계가 바닥으로 내동댕이쳐진다

숲속을 걸어봐

앙상한 나뭇가지가 숲을 떠나지 못한다는 말 들었지
숲속을 날아다니는 파랑새 때문이란 걸
날갯짓으로 나뭇가지 벗이길 고집하기 때문이란 걸

포롱 포롱 날아다니며
노래하고 미소 짓는 새들의 비행
가지를 흔들며 새의 꼬랑지를 슬쩍 건드리는 자파리
조그만 부리를 비벼대며 온기를 북돋아내는 입맞춤

어라
깡마른 나뭇가지에서 뾰두라지가 돋아나고 있어

솔개

산뽕나무 이파리로 돋아나
고욤으로 씨앗 자리 잡는다는
노루 엉덩이
향기가 무엇이며
삼경은 언제라고
왔다가
잠시도 머물지 못하고 떠나는 회오리바람아
지그시 눈 감고
고양이를
참새를
검둥개를 데리고 가거라
산정에 눈이 내리면
늙은 마법사도 동면에 든다니
눈 한번 딱 감고
반백 년 쌓인 응어리를 데리고 가거라
가다가 힘들면
그 자리 하나씩 내려놓으며
살진 허파의 팔딱거림으로
주문 한마디 풀어 놓아라
가파른 산정에 오를 때는

두 다리가 네 다리가 되더라도
지그시 눈 감고
그들을 데려 가거라
노루 엉덩이에 난 고욤나무
고목으로 백골이 되어갈 때
긴 숨 몰아쉬며
더 큰 회오리로 감장 돌아라

오이씨 사랑

온몸에 가시 금줄을 쳐 놓았어요
참새도 옷 벗은 달팽이도 다가가지 못하고
오직 당신이 오기를 기다리고 있어요
촉수들이 사방으로 당신을 찾고 있어요

오늘 하루만 지나면
가시들이 시들해져요
씨방에 씨들이 여물기 시작해야 해요
가시는 안으로 돌아가야 하거든요

기억 같은 건 하지 않아요
그저 오늘 하루만 살아요
메모 같은 건 하지 않아요
나비가 공중에서 촬영하고 있거든요

지진 같은 건 지나가는 파동일 뿐
흔들리면 흔들림을 안아 버려요
태풍이 온다 해도 괜찮아요
성난 태풍을 꼭 안아서 달래주면 되거든요

촉수들이 당신의 숨결을 찾았나 봐요
가시들이 금줄을 걷어내고 있어요
오늘 하루만 지나면
씨방에 씨앗들이 영글기 시작하거든요

이까짓 건 아무것도 아니지

여름엔 장마나 태풍이 없으면 그건 제철이 아니야
태풍 속 비바람이 없다면 그건 센 바람일 뿐이지
빗속에 주룩주룩 흘러내리는 눈물에
가슴이 뻥 뚫리는 거 맞잖아
눈앞에 웃음 짓는 모습이지만
속에서 부글거리는 뜨거움은
누구를 부르는 것인지 알고 있어

장맛비 가고 나면
무성하게 우거진 초목 사이로
날카로운 빛살이 다가와
속 타는 열기를 한껏 누릴 거라는 건
누구나 알고 있지
시어머니 떠난 빈자리
헛소리 받던 며느리가 그 자리를 꿰차듯

우리 동네 가로등

살 비듬 커실커실 피부에 달라붙어 있다면 우리는 겨울 준비를 해야 한다. 공중목욕탕에서 때수건으로 박박 문질러 벌겋게 달아오른 다리 살에 로션을 듬뿍 발라 살 비듬이 떨어져 나간 자리를 달래주면서.

가을장마로 수확하지 못한 호박들은 밭에서 물러 터지고 텃새들은 버려진 씨앗들로 살찌우고, 새들이 먹고 싼 똥은 토질을 다듬어 줄 줄 알아 새해를 기약한다.

그렇구나! 가로등이 엘이디 등으로 바뀌면서 더욱더 높게 달아 이제 호박 줄기는 잠잘 수 없고 새들은 더 깊은 숲 찾아 떠나겠구나.

맞을 짓 하지 말라

콩알만 한 간과
달각거리는 심장
쪼갤 수 있는 데까지 쪼개 봐
네가 나인 듯
나가 너인 듯

너는 너의 하늘을
나는 나의 하늘을 볼 수밖에
서로 등 돌리지 말자 했잖아
아물어가는 상처를 보듬자 했잖아
누가 생채기를 내는가
누가 주먹을 올려 피멍 들게 하는가

견우직녀 만나는데
오작교의 고통쯤이야
뭔 대수냐며 무시했다 쳐도
부둥켜안아도 따뜻하지 않은
얼음장 같은 가슴은 데워지지 않아

너에게도 아픔이 있었다고

봄밤에 울어대는 장끼 소리만 하겠냐 마는
홍매화보다 더 붉은 새벽노을에 취해
우리 기억을 함께할 수 있다면

한쪽 가슴이 잘려나가도
아무렇지 않은 척 감내하는 고통쯤이야
때 늦은 반성이라고 해두자

구짝 감수다

ᄋ름 바당에 밀련
주왁거리당 보난 아차 늦었구나 싶은 게
짓 둘으멍 감수다

둘음박질 ᄒ당 보민
날도 우치고 ᄇ름도 일 거우다마는
때 맞창 ᄀ슬 철 멩글젱 ᄒ민 둘음박질ᄒ여사 ᄒ쿠다

양착 손 ᄆ두완 비념ᄒ는
젯밥 얻어먹은 짐작도 잇언
산도록ᄒ게 감시메 ᄌ들지 맙서

짚은 바당 일러 숙덱이멍 가쿠다
아쟁이ᄁ지 뒈싸 엎으멍 가쿠다
뭉케지도 안 ᄒ영 구짝 가쿠다

도리삽삽ᄒ게 ᄇ름 불멍 감시메 ᄒ다 애둘지 맙서

짓 둘으멍 구짝 감시난
큰 ᄇ름 불엄젠 붕진거리지 맙서

고인돌 같은 핑계일지라도

우리가 함께 보았던 게 무지개였니
저녁노을이었나
우리 눈빛이었나
반려견 터럭처럼 가볍고 짧은 눈짓
얇고 투명한 우리 감정 사이
안개처럼 피어오르는 게 있으니 다행인 거지

이국의 비행기가 활주로로 기어들고 있군
눈먼 사람들은 거리를 더듬거리기 시작하겠네
수없이 내리는 빗방울들
떠나간 사람들의 눈물인지도 몰라
갈수록 거세지는 빗줄기는 이제 폭우가 될 거야
큰비 지나고 나면 어정쩡한 도시는 말끔하게 씻기겠지만
떠나간 것들에 대한 아쉬움은 늘 남아
지우려는 감정을 되살려 놓곤 하지

이번 주말 뭐해
네가 바람에 실어 보낸 신호가 창문을 노크하기 전에 내가 먼
저 전화를 하는 거야
우리 다시 시작할까

괜찮아

천정에서 불어대는 더운 바람에
그나마 촉촉함이 남아 있을 입술마저도
꺼칠하게 메말라 벗겨지고
허접스럽게 여민 환자복 속에 쑤셔 넣은 인공심장 들은
검붉은 피를 운반하기 바쁘다.

선천성 심장병을 달고 살아야 했던 어린 시절 이야기부터 심
장이 건장함을 과시하려다 숨넘어갔었다는 이야기들로 8인실
병실에 말들이 살아나 파리한 얼굴들 위로 웃음꽃이 희미하게
피어난다.

가슴을 열고 앞가슴뼈를 갈라 심장을 꺼내어 칼로 다지고 바
늘로 꿰매기를 반복했다는 무용담에서
덕분에 국방의무 면제받았다는 서글픈 자랑까지도.

다음날 수술 앞둔 환자는
먼저 수술장 다녀온 선배들의 이야기에 귀를 쫑긋 세우고
기침하거나 가래 뱉거나
가슴 언저리에서 흘러나오는
누렇고 벌건 액들이

관을 통해 플라스틱 통에 얼마큼 나왔는지 확인하려 애쓰며
분비물의 양, 기침 횟수, 소변 배출량을 점검하며 살아있는 하
루에 감사한다는 사람들.

심장 그래프 율동에 의해
이송팀은 중환자실로 환자를 실어 갔다.

대학병원 8인실 병실에 쳐진
커튼과 커튼 사이
찌부러진 폐 기능을 재생시키려
플라스틱 공을 두 개에서 세 개를 들어올려야 한다는 호흡 훈
련으로
핼쑥했던 양 볼이 빵빵하다.

화장품을 삼켜버린 봄

화끈거리는 혓바닥으로 비를 청해 보지만
모래바람에 묻어오는 오아시스 냄새는
충혈된 눈을 간질일 뿐이다
거칠어지는 피부는 봄날의 햇볕을 경계하고
먼 데서 날아온 우편물은 주름살을 지운다는 광고전단이다

세탁기 속에 빠져버린 영양 크림이 비눗물로 환원되며
허연 거품으로 산화되어 세상을 분탕질하고 있다

청진기는 허파 속에 고름을 찾아내고
수술대에 누운 환자의 몸에 소독 냄새가 진동할 때
길게 늘어진 요도관에선 노란 진액이 흐르고
고르게 퍼지는 숨소리의 그래프 높낮이가 일정하다

검은 제복을 입은 남자가 응급실 출입구에서 드나드는 사람
들 인적사항을 빼곡하게 기록한다
주차장에는 빈자리가 없어 갓길에 차를 세우곤
비어있는 병실이 없어 응급실에 대기한 지 3일째다

모래바람은 언덕을 가지고 가버렸다
사막에는 비가 내리지 않았다

제4부

앞선 편지

간드락 본향당

서편에 들려오는 중학교 아이들 글 읽는 소리에
신목 두어 그루 새끼 치면서
그늘 넓은 주차장까지 마련해 놓고
당골들 찾아오라 나뭇가지 길게 드리우고

바지게 가득 사기그릇 짊어진 길 쉬어가던 곳
와르르 무너져 부서지는 사기 조각 못내 아쉬워
눌어 앉아버린 소로소천국 사농바치 아들
백주또 응원 기별 기다리는 간드락 사기당

사기 종지에 향불 피운 당골들
침묵으로 찾아와 가슴으로 속엣말 풀어놓고는
흔적처럼 사기그릇 두어 개 두고 가면
그릇에 담긴 정성 삭이느라 시간 가는 줄 몰랐을

빽빽이 우거졌던 소나무 있던 자리
모래 반죽 자갈 철근 숲처럼 솟아올라도
일만팔천 신들의 지켜야 할 자리를 알아
도심 속에 무인도로 남아 있는 간드락 본향당

당에 가는 날

큰 당은 중학교를 옆에 두고 있습니다
입산봉 입구 옴팡진 곳 궤네기당 비켜선 채
늙은 폭낭 발치 잡고 납작 엎드려 있습니다

정월 열사흘, 열나흘 날에는
보름구덕과 차롱들이 수없이 모여들어 그들만의 여담을 합니다
돌레떡, 삶은 깐 계란, 생선과 사과, 배, 댕유자가 차롱착 안에
서 그들끼리 정담을 나눕니다

군 복무하는 아들의 무사 안녕을 빌기도 하고
장가든 아들 득남을 빌기도 하고
고기잡이 나선 서방님 만선을 빌기도 하고
방울 소리에 맞춘 기도 주문은
구성진 심방 목소리로 폭낭 주변을 맴돌다
중학교 운동장을 한 바퀴 돌곤
궤네기당으로
입산봉으로
한라산으로 너울너울 퍼져 나갑니다

내가 풀어놓은 주문도 한라산 쪽으로 뭉게뭉게 흩어져 날아
갑니다

북촌리 가릿당

미풍이 데리고 온 물결
슬쩍슬쩍 다가왔다 물러가면
다려도 백할미새 소리에
굽은 허리 꿈틀거리는 할미꽃

바닷가 동산에 눌러앉은 기와집
처마 끝에 걸린 오래된 테왁 망사리
그 아래 졸고 있는 가릿당 할머니

백 할미새가 날아와 날갯짓으로
바닷속 소식 전해주면
할머니 숨비소리 살아나고

물과 꽃 사이 간격을 연결하는 백할미새
새소리에 가늘게 눈 뜨는 가릿당 할머니

노루 궁뎅이

사백여 년 지킨 자리보다 더 좋은 자리가 있었나
새로운 곳으로 간 것 같은데 어딘지 모른다
불구덩이에서 하얀 가루로 타버렸는지도 모른다

차마 옮기지 못한 비석
급하게 삭은 뼈만 훔파 갔을 후손들
세간의 손가락질이 두려워
비석에 눈들을 지웠는지도 모른다

파헤쳐진 무덤 빈자리
고사리 무성하고
노루가 새끼를 키우고 있을 줄이야
사백여 년 가까이 자리를 지킨
상석과 비석만 남은 그 빈자리에

화가의 집

민속촌에 갔다가 화가의 집이 있어 잠시 들렀습니다
그림인 듯 사람인 듯 화판 틈에 묻힌 화가가 인사를 건네길래
저도 답인사를 하였지요

화가는 마을 풍경을 그려 판매하고 있었습니다
인생은 짧고 예술은 길다는 메모를 보며 한 점 골랐습니다
그림틀 사이에 화폭의 한 조각처럼 그림 그리던 화가는 미소
를 지으며 말을 건넵니다
작품이란 그릴 때마다 새로운 생명을 잉태하는 것처럼 다르
게 번져나간다고
소장하시다가 자녀들에게 물려주셔도 된다고
사라져 가는 이 지역 풍경들이라 애착이 가는 작품이라고 했
습니다

짙게 깔린 황토색이 편안해서 그림 한 점 들고 화가의 집을
나왔습니다

돈은 달콤하고 예술은 아름답다는 말이 떠올랐습니다

너도 보았지

부글부글 끓어오르는 거품
안으로 삭이고
겉으론 다듬어
얼음장 같은 한으로 굳어져 가는
바윗덩어리의 무게를

휘몰아치는 바람은
성난 바다를 건드려
거센 파도를 불러와
차마 식지 못한 거품 위로 쏟아져 내리는 걸

표선리 바닷가에는
뻥뻥 뚫린 골무 같은 현무암으로
허연 물보라를 실처럼 잦아
바람에 꿰어 허공을 재봉하고 있는 걸

안에서 머뭇거리는 말들은
허공에 퍼지다가 바닷속으로 잠수하고
자맥질에서 나온 말들은 바닷가 전설로 남아
마을 사람들이 옛말을 하고 있어

감나무 그늘에서 컸던 아이들

제주의 옛 마을 아이들은 감나무 그늘에서 감씨를 먹으면서 여름을 보내기도 했답니다. 어머니가 감물 염색하고 난 감 찌꺼기에서 하얀 감씨를 골라내어 입안에 넣어주면 쫀득쫀득하면서도 살살 녹아내리는 맛이 심심한 아이의 입안을 잠시 즐겁게 하였습니다

설익은 감씨로 쫀득한 맛을 아는 아이들은 어른이 되어 쫀쫀이라는 과자를 좋아했고, 나이 들어가면서 돼지껍질을 불에 구워 쫀득쫀득한 맛으로 심심한 입을 달래기도 하였습니다

한여름 땡볕 아래 감물 염색 천 뻣뻣하게 색 오르면 삼복더위 멀어지며 선선한 가을이 가까워집니다

스캔을 당하다

새벽을 가르는 비행기
단잠을 놓친 하품 팽팽하고
빈속에서 새어 나온 썩은 냄새들
하품과 처져 내리는 눈꺼풀 사이를 누비다
누군가의 날 선 코끝에서 불쾌한 주름살을 만들며 더 넓게 번져
헐떡거리는 비행기 엔진 동력에 불을 지핀다

고르지 못한 기류로 약간의 흔들거림이 있을 거라는 기내 방송
알아듣지 못할 이국의 중얼거림이라

열 손가락 지문은 낯선 곳에서 스캔 당했다

앞선 편지

늘 거울을 보며 다짐합니다. 천천히 가자고.
만나야 할 시간이 되어간다는 것을 알기에
매번 한 걸음씩 아껴보았지만
약속된 시간은 여지없이 다가오고 있었습니다.
서두르지 말자 그리 다짐하였지만
그게 뜻대로 되는 게 아니었습니다.

날이 풀리며 싹이 돋는 국화 포기 그냥 싹인 줄만 알았다가
여름으로 들어서며 무성해지는 그것을
밑동으로 잘라보고 가지치기도 하고
적순 하며 시간을 늦추어보았습니다.

만개했던 꽃들은 찬 서리를 맞으면서 시들어갔습니다.
아쉬워하지 않습니다.
밑동으로 잘려도 살아났고
가지가 잘려도 꽃은 피었으니까요.
핀 꽃마저 꺾여 알 수 없는 곳으로 떠나지만
남아 있는 것들끼리 의지하며 살았으니까요.

나고, 피고, 지고, 한겨울 단잠 자고 나면

더 단단하게 뿌리내릴 것이기 때문에
찬 서리에 꽃이 진다한들 두렵지 않습니다.

겨울 휴식 기간 눈이 많은 곳에 여행이나 다녀올까 합니다.
추위가 무엇인지를 짐작할 수 있는 곳에 다녀오면
더 싱싱한 삶이 될 것 같아서 말입니다.

과태료

미루고 벼르다 결국 연말을 앞두고
찾은 건강검진센터
기한 내에 검사받지 않으면 과태료 부과된다는 게
아픈 곳 찾는 것보다 더 무섭다

아침 7시부터 몰려드는 사람들
순번 49번 차트를 받아 들고
설문지 작성을 하는데
운동은 얼마이고
칫솔은 몇 번하며
병력은 무엇인지
아니오 아니오 아니오

일 년에 술은 얼마이고
담배는 얼마이고
아~
술!
몇 번인가 몇 병인가
일 년간 마셔버린 술병
헤아리다 헤아리다

과태료보다
술병이 더 많다

메밀 범벅 만들기

1
준비물
무 300g,
양배추 100g
양파 100g
대추 10알
은행 10알
고운 메밀가루 한 공기
소금 조금
물 한 대접
배고픈 마음 한 양푼

2
준비
무와 양배추, 양파는 굵게 채 썬다.
대추는 칼집을 내어 씨는 도려낸다.
은행은 살짝 볶아 껍질을 벗긴다
배고픈 마음은 잘 달래 놓는다

3

조리과정

준비된 무 양배추 양파 대추 은행을 물에 놓고 소금으로 간을
한 다음 끓이다가 펄펄 끓으면 메밀가루를 풀어놓아 가며 나무
주걱으로 골고루 섞이게 저어주어 눌어붙는 것을 방지한다

반죽이 되직하게 다 익으면 불을 끄고 뜸 들인다

이때 배고픈 마음은 입맛만 다신다

4

요리 결과

달지 않아 편안하고 부드럽다

조금만 먹어도 입맛이 푸지근 하다

5

후처리

"메밀 무 범벅"

특허청 등록 신청함

다이어트

화물차 짐칸에 실려 가는 저 돼지들
꿀꿀거림도 낯선 두려움으로 삼켰는지
암내 풍기는 꼬리 활기도 까무룩

빨강 신호등에 멈춰 선 고요함
뛰어내리는 게 차라리 나을 것이라는 판단은
둘러쳐진 철창으로 닫히고

천방지축 철없는 저 먹성
점점 불어 가는 살덩이
푸줏간 뻘건 조명등 아래 내걸릴 줄 알았다면
먹는 것도 거두었을 걸

와이셔츠 단추 사이로 삐져나오려는 뱃살
어느 조명등 아래 내걸리진 않겠지만
살 속에서 주눅 드는 고요함
입맛 당기는 식성을 잠재울 수 있었으면

술 한 잔 마시고

또 한 잔 꺾고 싶은 게
술꾼이라면

불쑥 떠오르는 문장으로
무언가 끄적거리는 건 시인이고

벌겋게 익어가는 얼굴로
색을 조합해보는 건 화가의 손맛이지

도서관에서 빌려온 책을 펼쳤는데
모두 익숙한 이야기라면
작가의 길을 가야 하는 거잖아

술 한잔으로
떠오르는 엉뚱한 생각은
새로운 세상을 그리며
또 다른 출발을 부추긴다

왕할머니 가시던 날

할머니 마을에는 본향 할망 좌정하고
마을 살림살이를 돌아보며
고팡 조왕 물항 문전 정살 통시 울담 올레 지키고 있어
곳곳에 눈을 부릅뜨고 방쉬를 했다

왕할머니 영장 나가는 날
낭섶에도 신이 있어
댕유자 낭섶을 손에 꼭 쥐고 있었다

행상소리 동네를 울리고는
먼 올레 가던 발걸음 무겁게 머뭇거리면
흩날리는 지전들이 배웅했다

아득한 소리 저편 미여지벵디에
못다 한 사연 모두 어름 쓸어
마지막 남은 눈물 뚝 털어냈을 왕할머니

귀양풀이에 심방 빌어
한 세상 잘 살다가 좋은 데로 간다고
하다 섭섭지 말라는 입말 남기는 왕할머니

대포동 자장ㅋ지

물과 하늘 사이
보이지 않은 대륙붕 쓰다듬으며
빙빙 도는 원심력
스산하지 않은 것들을 쓸어 모아
조각난 파도들을 어루만질 때
티파니 하늘색은 가뭇가뭇 뒷걸음치고
거무스름한 힘 있는 것들
불끈 주먹 휘날리며
앗싸 앗싸 기함 소리 내세운다

묵직한 주문을 슬쩍 감추곤
지나가는 더운 날들에 작별을 고할 때
대포동 자장ㅋ지
줌녀당 영장 위에서
고개를 까닥거리는
우묵사스레피 나무가
제 잎사귀에
엽록소 짙게 물들인다

초일뤠에 가사주

초일뤳날 일뤳당 가민
당올레꼬지 마중 나온 당할망
수뭇 보구정 흔 당골 오난 코삿ᄒ 염신게

열일뤳날 일뤳당 가민
ᄒᆞᆺ설 토라진 당할망 뻬딱ᄒ게 앚아둠서
뻬진추룩 ᄒ단도 반가완 손 잡아 뎅겸신게

스무일뤠에 일뤳당 가민
막 부에난 당할망 비식ᄒ게 누워둠서
무사 이제사 와시녠 포마시 홀지도 몰르키어 멩심ᄒ라

일뤳당 가커들랑 초일뤠에 가사주
당할망 당올레 마중나완 지달리는
초일뤠에 일뤳당 가사주

갯것들

무인도에서
미끈하게 잘생긴 돌을 주워
공짜 마케팅을 했다
갈매기가 기웃하며
머뭇거리는 흥정
푼수 같은 바퀴벌레 사촌
쪼르르 기어 나와 발 동동 구르며
한 푼만 깎아달라고 생떼를 쓴다
그때
물속에 잠길 듯 말 듯
물장구치던 말미잘 새끼가
오만 원짜리 돈다발을 게워내고 있다

서두르지 않은 것들은
기다리는 포인트를 알았고
성급한 것들은 늘 바람을 몰고 다녔다

신들을 향한 신원, 그 부조리의 시학
─ 김순란의 시세계

양영길 / 문학평론가

1. 프롤로그

신들을 향한 불꽃은 '높이를 생각하는 수직성의 몽상'이기도 하다. 그래서 불꽃은 자기 발밑을 비추지 못한다. 그래서일까, 김순란 시인은 굽어보는 데서 한 발 물러서서 시적 대상을 응시하듯 말을 걸고 있다. 이는 수평적 세계에서의 속세로부터 초연하고자하는 불꽃의 흔적 같은 몽상이다.

G. 바슐라르는 시인을 몽상가라 하고 시인의 몽상을 영상으로 규정하기도 한다. "몽상가의 촛불은 끝없는 영상을 빨아올렸다." 라거나 "불꽃은 스스로의 형태를 유지하며 수직성의 운명을 향해 똑바로 솟을 것이다."라고 했다. 또 "불꽃은 위로 향해 흐르는 모래시계"라면서 "불꽃은 아무런 사심도 없이 씩씩하다."라고도 했다.

필자는 바슐라르의 이 말들에서 시적 자아의 스탠스 stance가 어떻게 이루어져야 할 것인가에 대한 대답의 일부를 얻는다. 즉 아래에서 위를 쳐다보는 스탠스를 취하지만 '사심'이 없어야 한다는 당위적 명제. 바라보는 것이든 보여지는 것이든 시적 자아의 스탠스에 의해 모든 말 걸기는 달라진다.

2. 부조리의 시학

시인들은 기존의 질서를 부정하고 깨뜨림으로써 세상의 부조리한 질서를 정화시키고자 하는 일종의 형이상학적 고뇌에 빠지기도 한다. 시인은 대상을 향한 스탠스에 의해 내면의 세계를 자신도 모르게 내비치게 된다.

커피 냄새가 대문을 열었을 때
달려가던 매미 번데기들이 날기 시작했어
땅속을 기어 다니던 까마귀는
바닷속을 헤엄쳐가더니
명월포 앞바다에서 보물선을 발견했대
쓰러져가던 오래된 나무
비틀거리며 안주를 먹어댔어
밀감 상자들 포장되어 나무 위에 매달렸어
이름난 무역상들은 돈다발을 뿌리며 몰려들었지
유치원 입학식장으로 가던 늙은 까치들
북망산에 모여 조가를 외웠어
죽어가는 자 말이 많아 관 뚜껑 못질했더니
원고지 줄 칸 사이로 기어들었어
병문천과 한천이 만나는 자리 제단을 쌓았대
제단을 장식하던 총소리가 뻥튀기하더니
사방으로 흩어져 커피콩이 되어버렸어
간밤에 놓은 방앳불이 커피를 볶았대
조리돌림과 방망이로 분쇄되어
우려낸 커피 냄새

— 「전에 없던 소문」 전문

"커피 냄새가 대문을 열고 " "늙은 까치들/ 북망산에 모여 조가를 외우고" "죽어가는 자 말이 많아 관 뚜껑"에 못질을 하고, "총소리가 뻥튀기를 하더니" "커피콩이 되어" 버린다.

가짜 뉴스가 판을 치는 부조리한 우리의 일상을 통쾌하게 깨부수고 합리적 이성적 연결고리를 해체시킴으로써 그 안에서 상처 입은 아픔과 분노로부터 진정한 자유를 구가하고 있다.

견뎌내야 하는 '시간의 벽'을 마주할 때, 비로소 우리들은 세상의 부조리한 단면들이 보이기 시작한다. 이러한 부조리를 "조리돌림과 방망이로 분쇄"하여 재편집하는 시적 몽상을 현현하고 있다.

> 개미집 욕실에
> 사람들이 욕실 벽을 타고 숨어들었다
> 물과 물방울 사이로 미끄러지며
> 사람들은 쉼 없이 움직여 먹이를 나르고 있다
>
> 분홍 개미가 물뿌리개로 사람들을 씻어 내렸다
> 속절없이 하수구 구멍으로 쏠려가는 사람들
> 그중 몇은 팔 힘이 좋아 쏠려나감을 피할 수 있었다
>
> 안경 낀 사람들이 살려달라 애걸했다
> 개미는 그 사람들을 창밖으로 던져 버렸다
>
> 주인들이 버리고 간 안경 무덤은
> 보였던 진실과 숨겨진 진실들이 보태져서
> 여행 온 사람들에게 볼거리와 흥밋거리로 앵벌이를 하고
> 있다

분홍 개미는 안경으로 떼돈을 벌었다
　　　　　　　　　　　　　　　　　　　　　—「안경 무덤」 전문

　본질이 전복되는 시대. 변한 것이, 시적 대상인지 그것을 바라
보는 시인인지 구분하기는 어렵다. 그러나 그 대상이 같은 것일지
라도 시인의 스탠스에 따라 언제든지 다르게 인식할 수 있다. 시
인의 스탠스는 '부조리의 성'에 둘러쌓여 고립되고 단절되고 소외
되고 거기에 길들여져 외로운 안위를 향하고 있다. 그 벽을 깨부
수는 상상력은 우리들의 몽상에 신선한 바람이 되고 있다.
　우리들은 '존재의 그림자', '사색하는 존재'의 몽상 속에서 존재
의 안녕을 찾기도 한다. 김 시인은 작은 빛의 몽상에 자신을 맡겨
스스로를 고립시키고 있다. 그 고독은 작은 빛의 은혜에 의해 구
체적인 것이 되어 인간들이 하찮은 미물들을 함부로 다룬 대가를
뒤집어 감당하면서 이를 즐기고 있다.

　　　어디로 가지
　　　비는 오고
　　　사람 많은데
　　　같이 갈 사람 없고
　　　배는 고프고
　　　스마트폰은 손에서 톡톡 거리고
　　　어디로 가지

　　　어!
　　　저기

사람들이 모여 있어
가 보았더니
쳇
저게 무슨 재미있다고

어디로 가지
집들은 많은데
현관들이 눈짓하는데
내가 들어갈 곳은 어디지

찻집에 불빛은 끌리는데
내가 앉을자리는 어디지
차 한잔 같이할 사람은 어디 없나
어둠은 시작되고
몸은 피곤한데
배는 고프고

지하철 의자에는 사람들이 앉았는데
무표정하게
곁에 있어도 없는 것처럼
아는 사람 하나 없네

누구 없나요

— 「누구 없나요」 전문

　"친구가 사준다는 시원한 팥빙수에" 꽂히듯 "낚일 준비를 하고 집을 나"(「낚이는 것들」)섰지만 아무도 없다. 모두 고립무원에 빠져

무표정하다. 말을 건넬 여백을 주지 않는 얼굴들이다. 낯선 세상 속에 내던져진 고립된 시인은 인간존재의 무의미함, 인간과 인간 사이의 의사소통의 불가능함을 안타까워하고 있다. 모두 한 공간 속에 있지만 따로 혼자만의 세계를 헤쳐 나가야만 하는 시공간이다.

"함박눈이 내리는 날" "시시콜콜한 이야기를" "써 놓은 편지들이 있는데 주소를 잃어버리고" "편지 부칠 곳을"(「부탁이 있어」) 찾아 헤매는 미아가 되기도 한다. 이제 내 위치와 상대의 위치를 알려줄 주소로부터도 소외되고 고립되어 "비타민 두어 앰풀 섞은 링거액" 처방이 간절히 필요하다. "심장박동 그래프 이어가는 불빛"(「목이 마르다」)만 '요란'한 게 우리의 현주소다.

3. 신들을 향한 신원

시인은 자신의 존재가 흔들릴 때마다 '부조리의 벽'을 마주한다. 불꽃이 자기의 존재를 유지하려면 싸우면서도 가늘고 연약한 것을 존재 방식으로 하여 견뎌내야만 하는 것처럼.

> 순경 모자만 보아도
> 파르르 떨면서 헛기침하시던 할머니
>
> 산에서 내려오는 배낭 짊어진 사람만 보아도
> 후다닥 숨기 바쁜 우리 고모
>
> 입사시험 자신 있게 봤다는데
> 최종 면접에서 늘 떨어지기만 했다는 우리 삼촌

제삿날 모여든 친척들은
눈으로만 하는 이야기들이 있었다

이제
모두 돌아가시고

눈치로
짐작으로
지켜본 손꼽은 날들
— 「할아버지 제삿날」 부분

인간의 야수성과 비생명성 앞에 인간 의지가 얼마나 무력한가를 우리들은 '눈치'로 알고 있다. 광기의 시대를 견뎌내야만 했던 시간의 화살 앞에 촛불을 밝히지만 '짐작'으로 밖에 알 수 없는 비인간화가 심화된 부조리한 현실. 그 근원에는 "낮에는 해가 둘이곡/ 밤에는 달이 둘이란/ 낮에는 가슴 타서 못 살키어/ 밤에는 몸이 시려서 못 살"(「해방둥이 할아버지」)던 시절의 "댕강댕강 잘린 모가지"의 "슬픈 이야기"(「우려낸 찻물은 누가 마실까」)가 있었다.

열하나의 상차림

열한 필의 광목이
열한 번 돌고 돌아
열한 번의 울부짖음이
열한 번 울리며 흩어지는

열한 영혼을 위한

당신들을 위한 식단을 마련했으니
따뜻한 봄 햇살 받아가라고
굴속 어둠에서 나와도 된다고

총성은 멎고
총 든 사람들은 갔다고
총소리는 이제 들리지 않을 거라고
밝은 곳으로 나와도 된다고

아니야
못 믿겠어
다랑쉬오름이 보이는 마당
보초 서던 돌들은 아직 그대로인 걸
휘파람새 소리 날 때만
동박새 소리 날 때만 나가기로 약속했어
동박새 소리 들려야 해
휘파람새 소리 들려야 해

　　　　　　　　　　　　　　　 ―「다랑쉬굴 진혼제」 부분

　"총성은 멎고/ 총 든 사람들은 갔다고" 아무리 이야기해도 다랑
쉬오름 동굴에 숨어 살던 열한 영혼은 아무래도 믿을 수가 없다.
"휘파람새 소리 날 때", "동박새 소리 날 때만" 하염없이 기다리고
있었다.
　"질긴 숨을 몰아쉬던 중환자실 침대"(「목이 마르다」)의 "창백한 핏

기의 혈관 찾기를 포기한 채 힘없이 사라지는 간호사" 앞에서 우리 사회의 부조리한 아픔은 어디에도 호소할 곳이 없다. "밑바닥 깊은 계곡의 신음" 소리를 들어 줄 이 누구일까. "비바람 불러 모아 한바탕 살풀이"(「해원굿」)를 해도 풀리지 않는 '시간의 화석' 앞에 다시 '상차림'을 하여 부조리한 우리들의 세계를 신원해야만 했다.

> 정월 열사흘, 열나흘 날에는
> 보름구덕과 차롱들이 수없이 모여들어 그들만의 여담을
> 합니다
> 돌레떡, 삶은 깐 계란, 생선과 사과, 배, 댕유자가 차롱착
> 안에서 그들끼리 정담을 나눕니다
>
> 군 복무하는 아들의 무사 안녕을 빌기도 하고
> 장가든 아들 득남을 빌기도 하고
> 고기잡이 나선 서방님 만선을 빌기도 하고
> 방울 소리에 맞춘 기도 주문은
> 구성진 심방 목소리로 폭낭 주변을 맴돌다
> (⋯)
> 한라산으로 너울너울 퍼져 나갑니다
>
> 내가 풀어놓은 주문도 한라산 쪽으로 뭉게뭉게 흩어져
> 날아갑니다
> ─「당에 가는 날」 부분

"군 복무하는 아들의 무사 안녕을 빌기도 하고", "장가든 아들 득남을 빌기도 하고", "고기잡이 나선 서방님 만선을 빌기도 하

는" 우리들의 주문. "터진 눈물" "가두었던 설운 말들"(「엉또폭포」)은 "구성진 심방 목소리로 폭낭 주변을 맴돌다"가 "한라산으로 너울 너울 퍼져" '백할미새 날갯짓'으로 "뭉게뭉게 흩어져 날아갔다." "천길만길 흘러" "천장만장 울려 퍼"(「엉또폭포」)졌다. '바다 속 소식' 닿을 때쯤 "할머니 숨비소리 살아나고" "물과 꽃 사이 간격을 연결하는 백할미새"(「북촌리 가릿당」)는 '휘파람새 소리'로 '동박새 소리'로 "정월 열사흘, 열나흘 날" "보름구덕과 차롱들"을 채워 놓았다. 일만팔천 신들에게 내력을 풀고 주문을 외듯 "차롱착"을 나누었다.

4. 에필로그

"선창가 선술집 플라스틱 의자에 걸터앉아" "돼지 껍데기 안주 삼던 술병들이 쓰러질 때쯤" "눈발 날리는 산정은 점점 희미해져 자취를 감추었다"(「목이 마르다」)는 김순란 시인.

김순란 시인의 시의 행간에는 '작은 빛의 반려'가 있다. 촛불이라는 침묵하고 있는 존재의 신음소리를 들으면서 자신을 찾는 외로운 몽상을 하고 있다.

시인의 내적 심리는 '외부적 요인을 대신하는 심리적 기제', '타자로부터의 단절감', '이방인 의식', '자기 경험의 무질서에 대한 방어기제', '환상과 사실 사이의 모호한 스탠스'들을 통해 투사되고 있다. 더욱이 친숙한 대상을 낯설게 하여 일정한 거리두기를 통한 '소외 효과'도 얻어내고 있다.

우리들은 어쩌면 부조리한 상황에서 무의미하게 반복되는 안

위에 갇혀 있는지도 모른다. 시인은 '달콤한 불쾌감', "아롱아롱 피어나는/ 나른한 아지랑이"(「우려낸 찻물은 누가 마실까」)에 취해 길들여지고 낮익은 것들로부터 친근성을 빼앗기고도 오히려 시간에 대한 자유의 분방함을 만끽하고 있다.

목마름에 지쳐 주저앉아본 사람만이 발밑 땅 깊이의 물소리를 들을 수 있다. 우리들은 '안위의 성곽'의 문을 열고 나왔을 때 낮익은 것들과의 친근성을 빼앗기고 이방인이 될 수밖에 없다. 이 모두 시인의 시적 고뇌에 대한 이야기로 들었으면 하는 생각이다.

고독한 불꽃이 몽상가의 고독을 깊게 하고 그의 몽상을 위로한다고 한다. 불꽃은 고립될수록, 어두울수록 더욱 빛난다. 그리고 그 불이 꺼졌을 때의 잔영도 고립될수록 어두울수록 더 오래 남는다.

고인돌 같은 핑계일지라도

| 초판 1쇄 인쇄일 | | 2020년 9월 19일 |
| 초판 1쇄 발행일 | | 2020년 9월 26일 |

지은이		김순란
펴낸이		한선희
편집/디자인		우정민 우민지
마케팅		정찬용 정구형
영업관리		한선희 정진이
책임편집		김보선
인쇄처		으뜸사
펴낸곳		국학자료원 새미(주)

등록일 2005 03 15 제25100 · 2005 · 000008호
경기도 고양시 일산동구 장항동 864-3 하이베라스 405호
Tel 02 442 · 4623 Fax 02 6499 · 3082
www.kookhak.co.kr
kookhak2001@hanmail.net

| ISBN | | 979-11-90988-55-1 *03800 |
| 가격 | | 12,000원 |

* 저자와의 협의하에 인지는 생략합니다.

* 이책은 Jeju 제주특별자치도 JFAC 제주문화예술재단 의 2020년도 문화예술지원사업에 후원을 받아 제작되었습니다.

* 이 도서의 국립중앙도서관 출판예정도서목록(CIP)은 서지정보유통지원시스템 홈페이지(http://seoji.nl.go.kr)와 국가자료 공동목록시스템(http://www.nl.go.kr/kolisnet)에서 이용하실 수 있습니다. (CIP2020034532)